AF355791

CATALOGUE
D'OBJETS D'ART

ET DE

CURIOSITÉ

Meubles des époques Louis XIII, Louis XV et Louis XVI; Pendules en marqueterie de cuivre et écaille; Grands et beaux Vases en marbre: Porcelaines de Sèvres, de Saxe, de Chine et du Japon; Verreries de Venise; Faïences anciennes: Ivoires et Bois sculptés; Éventails;

OBJETS VARIÉS

TABLEAUX & PASTELS ANCIENS

Appartenant à Mme GALLAY

LA VENTE AURA LIEU

HOTEL DROUOT, SALLE N° 6

Le Mardi 12 Mai 1868

A DEUX HEURES

Par le ministère de Me **ESCRIBE**, Commissaire-Priseur,
rue Saint-Honoré, 217,

Assisté de M. **THÉRET**, ancien Expert de la Compagnie des
Commissaires-Priseurs, rue des Saints-Pères, 40,

CHEZ LESQUELS SE DISTRIBUE LE PRÉSENT CATALOGUE.

EXPOSITION PUBLIQUE

Le Lundi 11 Mai 1868, de 1 heure à 5 heures.

PARIS — 1868

CONDITIONS DE LA VENTE

Elle sera faite au comptant.

Les Adjudicataires paieront, en sus des enchères, CINQ POUR CENT applicables aux frais de vente.

L'Exposition mettant les Acquéreurs à même de se rendre compte de l'état des Objets, il ne sera reçu aucune réclamation, une fois l'adjudication prononcée.

Aucun objet étranger ne sera ajouté à la vente.

DÉSIGNATION

1 — Petit Cabinet Louis XIII, à tiroirs, sur sa table à pieds tors.

2 — Cabinet Louis XIII, en bois d'ébène, incrusté d'ivoire.

3 — Cabinet à deux portes sur sa table à tiroirs, en laque.

4 — Médaillier en bois de noyer incrusté, garni de bronze.

5 — Coffre de toilette en marqueterie d'écaille et ivoire.

6 — Table chiffonnière à trois tiroirs, en marqueterie de bois.

7 — Coffre Hollandais, en bois marqueté, intérieur à petits tiroirs.

8 — Petite table, dont le dessus et les côtés sont garnis de marqueterie de bois.

9 — Bureau dos-d'âne en bois violet époque Louis XV, garni de bronze.

10 — Petite boîte de forme triangulaire en bois rose, avec tiroirs.

11 — Coffre de Mariage en bois sculpté.

12 — Petite commode Régence, en bois rose, garnie de bronze.

13 — Pendule et sa Console en marqueterie d'écaille et cuivre, ornée en bronze.

14 — Pendule et sa Console en marqueterie d'écaille cuivre et nacre.

15 — Calvaire en écaille, avec ornements en argent époque Louis XIII.

16 — Une paire de très-beaux Vases en marbre rose, à canaux; ornés de deux anses à têtes de lions en bronze doré.

17 — Coupe en marbre noir à décor dans le style Egyptien sur pied à sphinx, en bronze doré du même style.

18 — Beau Vase forme Médicis en biscuit de Sèvres, avec bas-relief.

19 — Une paire de Candélabres à deux lumières supportées par des figures de nègres en bronze doré.

20 — Cartel en verni Martin garni de bronze.

21 — Une Théière et une Cafetière en cuivre repoussé à sujets et ornements, anses et goulots dorés.

22 — Plat en faïence de Bernard Palissy, à sujet Persée et Andromède.

23 — Plat ancienne faïence décoré de mascarons, feuillages et fruits.

24 — Plat à gaudrons ancienne faïence.

25 — Deux plats en faïence de Delft.

26 — Deux plats en faïence de Delft décor genre Japonais.

27 — Une paire de beaux Vases à anses en faïence de Delft à décor arabesque bleues.

28 — Une série de dix tasses en porcelaine de Chine.

29 — Une série de cinq petites corbeilles à jeu en émail de Saxe.

30 — Salière en grès de Flandre.

31 — Deux Vases à couvercles en porcelaine du Japon laquée bleue.

32 — Plat ovale en faïence de Rouen, décoré de fleurs.

33 — Cafetière en faïence décoré de fleurs sur fond blanc.

34 — Une Vidrecome en faïence décoré de fleurs en couleurs.

35 — Autre Vidrecome en faïence à ornements bleus sur fonds grenetis.

36 — Tasse et sa soucoupe en porcelaine de vieux Saxe, décorée de fleurs.

37 — Deux petits Vases en porcelaine de Villeroy, avec bouquets en porcelaine.

38 — Deux Porte-allumettes en pierre de lare.

39 — Une Cafetière, un pot à crème et deux tasses et leurs soucoupes en porcelaine décorée de médaillons avec bouquets de pensées.

40 — Deux Vases à trépieds et à couvercles en porcelaine de Saxe.

41 — Quatre très-belles assiettes en faïence de Sceaux, décorées de guirlandes de fleurs et de sujets pastoraux et jeux d'enfants.

42 — Vase à fleurs en porcelaine d'ancien Sèvres, décoré de bouquets de fleurs.

43 — Petit Vase à deux anses en porcelaine d'ancien Sèvres, à bandes bleu et vert, médaillon de fleurs.

44 — Petit sucrier porcelaine d'ancien Sèvres, fond bleu grand feu à médaillon à paysages en Camaïeu rose.

45 — Deux Vases à anse et couvercle en verre de Venise bleu décoré d'ornements en émail blanc et de dorure.

46 — Deux bouteilles en grès de Flandres.

47 — Pot à crème à couvercle et son plateau en vieux Saxe, décoré de fleurs.

48 — Tasse et sa coupe en porcelaine de Sèvres pâte tendre, fond gros bleu à décor or.

49 — Deux coquetiers porcelaine de Sèvres, l'un fond bleu de roi, et l'autre à guirlandes de fleurs.

50 — Tasse mignonette porcelaine d'ancien Sèvres, fond blanc à décor amour en camaïeu rose.

51 — Tasse à anse et soucoupe en porcelaine de Sèvres fond blanc, décor barbeau.

52 — Grande cafetière en terre vernie noire monture Louis XVI en argent.

53 — Chocolatière en porcelaine de vieux Saxe, fond vert à décor de fleurs.

54 — Pot à anse en faïence anglaise, décorée d'une vue de Sunderland.

55 — Tasse à deux anses et sa soucoupe en porcelaine de vieux Saxe, décor or.

56 — Verre de Bohême à couvercle.

57 — Grand plat ovale en porcelaine de vieux Saxe gauffré à anses et décoré de fleurs en camaïeu rose.

58 — Sucrier ovale à couvercle en porcelaine de Saxe, décoré de médaillons enfants en camaïeu rose.

59 — Groupe, cavalier Hongrois en porcelaine de Saxe.

60 — Deux petites buires en faïence ancienne à décor bleu.

61 — Plateau à jour et à deux anses, décor bleu, ancienne faïence.

62 — Soupière et son plateau en ancienne faïence de Strasbourg.

63 — Veilleuse en ancienne faïence décorée de fleurs.

64 — Tasse et sa soucoupe en porcelaine d'ancien Sèvres, décor barbeau, roses et or.

65 — Deux tasses à anses et leurs soucoupes en porcelaine de Saxe, à fleurs en camaïeu vert et or.

66 — Deux flambeaux Louis XVI en bronze doré.

67 — Neuf figurines en porcelaine de Saxe et autres, et un groupe flambeau en porcelaine.

68 — Un Lion en grès formant salière et un Lion en faïence Palissy.

69 — Groupe d'Enfants en faïence.

70 — Un Lot d'Objets en verre de Venise.

71 — Deux peintures sur cuivre : Saint François-Xavier et Sainte Clotilde, cadres bois sculpté.

72 — Bas-relief en terre cuite, sujet de Sacrifice.

73 — Bas-relief en albâtre, sujet : les Noces de Cana.

74 — Socle de forme carrée en Wedgwood, monté en bronze doré.

75 — Deux Vases porte-allumettes en porcelaine, fond jaune, décor à oiseaux.

76 — Deux petits Vases Louis XVI, à anses, en porcelaine fond blanc et décorés d'or.

77 — Socle en ivoire sculpté.

78 — Lion en bronze.

79 — Deux Christs en ivoire.

80 — Bas-Relief, groupe d'Enfants, sculpture en ronde-bosse.

81 — Quatre Médaillons armoiries, avec cadres à oves en bronze.

82 — Petit Cadre en bois sculpté et doré.

83 — Une Paire de Bras-Appliques, à trois lumières, en bois sculpté et doré.

84 — Vase à fleurs en grès de Flandre, à armoiries et décor bleu.

85 — Jardinière avec fontaine, vernis **Martin**.

86 — Petit Vase en cristal de roche, anses à tête d'éléphant prises dans la masse.

87 — Bouteille en verre de Venise émaillé de fleurs.

88 — Groupe et Figure, provenant d'un ancien retable, bois sculpté et doré.

89 — Un Petit Flacon, un Verre à pied et un sabot
en verre de Venise.

90 — Quarante Évantails en nacre et ivoire sculptés,
feuilles et montures anciennes.

Ce lot sera divisé.

91 — Tableau de fleurs, par *Schild* (décorateur de
la manufacture de Sèvres).

92 — Pastel, jeune Fille, par Mme *Lebrun*.

93 — Tableau, Femme au manchon, par *Raoux*.

94 — Tableau gréco-russe, sujet de la vie de Jésus-
Christ.

95 — Pastel, Tête de jeune Femme.

96 — Tableau ovale, Portrait de jeune Fille, attribué
à *Mignard*.

97 — Tableau, Portrait de Dame, en riche costume
époque Louis XIII.

98 — Un Tableau, Portrait de Dame, en costume de
l'époque de Henri IV.

99 — Sous ce numéro seront compris les objets non
catalogués.

Renou et Maulde, imprimeurs de la Compagnie des Commissaires-Priseurs,
rue de Rivoli, 144.   14266

www.ingramcontent.com/pod-product-compliance
Lightning Source LLC
LaVergne TN
LVHW021615170726
843501LV00010B/4013